KB199734

문학과지성 시인선 616

보조 영혼

김복희 시집

문학과지성사

문학과지성 시인선 616

보조 영혼

펴낸날 2025년 5월 16일

지은이   김복희
펴낸이   이광호
주간   이근혜
편집   허단 윤소진 김필균 이주이 유하은 최은지
마케팅   이가은 허황 최지애 남미리 맹정현
제작   강병석
펴낸곳   ㈜문학과지성사
등록번호   제1993-000098호
주소   04034 서울 마포구 잔다리로7길 18(서교동 377-20)
전화   02)338-7224
팩스   02)323-4180(편집) / 02)338-7221(영업)
대표메일   moonji@moonji.com
저작권 문의   copyright@moonji.com
홈페이지   www.moonji.com

© 김복희, 2025. Printed in Seoul, Korea

ISBN   978-89-320-4401-9 03810

이 책은 서울특별시, 서울문화재단 '2025년 창작집 발간지원 사업'의
지원을 받아 발간되었습니다.

문학과지성 시인선 616

보조 영혼

김복희

시인의 말

　더 잘 들키기 위해서

2025년 5월
김복희

보조 영혼
차례

시인의 말

해설

1부

가변 크기

하나의 미술관이 작품 하나의 규모를 감당할 수 있을까
말할 것도 없지

상자에서 소리를 꺼낼 수 있을까
더 큰 상자에 소리를 옮겨 담을 수 있을까
말은 하면 안 되지 섞이니까

더 큰 시를 이 책이 실을 수 있을까
더 작은 시는?

시 읽는 사람을 공원 벤치가 쉬게 할 수 있을까
단 1분이라도

이제는 시를 읽지 못하는 사람에게
당신의 이름은 시예요
잊지 않았지요 말하듯이
이름에 그 사람을 담을 수 있을까
또 낭독하듯이

모양이 다른 죽음을 이 관이 담을 수 있을까
낭독이 모든 시를 담았다가 조금씩 흘리는 것처럼

* Robert Morris, 「Box with the Sound of Its Own Making」(1961).

보조 영혼

주인님이 있는 삶은 보람차고
사무치고 사납다

주인님이 있는 삶은 흰 장갑과
흰 앞치마와
깨끗한 소맷부리로 이루어져야 할 것 같은데
집사인지 메이드인지 이건 너무 서양식이잖냐

역시 주인님이라는 말이 문제다
다시

섬기는 이가 있는 삶은 보람차고
사무치고 사납다

섬기는 이가 있는 삶은 거친 갈옷과
맨발과 떫고 신 열매로 이루어져야 할 것 같은데
이건 너무 종교적이잖냐

역시 섬기는 이라는 말이 문제다

다시

나는 마트에 가서 열매들을 본다
백화점 지하에도 가고 시장도 가서 본다
열매를 매만지고
친구를 조금씩 만난다
한 명 한 명을 평생 걸쳐 조금씩 나눠 만난다

보조 영혼이 다가와 이렇게 하라고
저렇게 하라고 일러준다
그러면 어떻게든 한다 몇 번이고 계속 다시 해낸다

친구들 옆에도 보조 영혼이 있다
있겠지!
보조 영혼들끼리 다과상을 차려 하하 호호 웃으며
주인님과 섬기는 이와 열매에 대해 이야기한다

없는 자리에선 나라님도 욕한다는데!

어떻게 열매 가득한 형상을 무시할까
아름다운 꿈을 이해하며 계속 상처받는다

내 이름을 부르는 소리

쌀 씻는 소리
오이를 깎는 소리
수박을 베어 무는 소리
미닫이문이 드륵드륵 닫히는 소리

딱 하나만 가져갈 수 있다면
무엇을 가지고 갈까
앞으로 내가 듣지 못할 것
남도 듣지 말았으면 하는 것
하나만 선택할 수 있다면……

조용히 우는 소리
틀어놓은 텔레비전 위로
막막한 허공의 소리
손톱으로 마른 살갗을 긁는 소리
죽은 매미를 발로 밟는 소리

이것 중에 무엇이 좋을까
잠시 고민했다

이런 거 맞나요?
나는 물었고
대답은 없었다
누가 벌써 대답을 가져간 것일까
다 두고 갈 수는 없나요?
아주 조용했다
누가 벌써 가져간 게 확실했다

가질 수 있는 것을
가지지 않을 때의 기쁨

잠든 사람이 따라 하는
죽은 사람의 숨소리
죽은 다음에도 두피를 밀고 나오는 머리카락 소리
벌려놓은 가슴을 실로 여미는 소리

세상에서 소리를 하나…… 데리고 갈 수 있다면
어떻게 할래?

지옥에 간 사람들은 꽃을 심어야 한다

지옥에 가면 꽃을 심어야 해

모래사장이나 늪에서?
아니
그럼 움직이는 꽃을?
아니

꽃

아름다운지
가시가 있는지
넝쿨째로 자라는지
시들어가는지 말라 죽었는지
사방 모르고
밤낮 모르고
심어야 해
눕지 않아도 피곤하지 않고
먹지 않아도 배고프지 않아
한 송이를 받아 와

제대로 서도록
두 송이를 받아 와
제대로 서도록

온갖 향기가 나는데
향기인 줄 모르고
한 사람 평생에 넘치는
색채 속에서

꽃을 달라고
말을 걸어도
지옥에서 나가도 좋다고
말을 해줘도
무슨 말인 줄 다 알고도
다 듣고도 자신의 손안에

꽃을

악마에게든 천사에게든

한 송이를 받아서
한 송이를
두 송이를 받아서
두 송이가

뼈가 마르도록 고요한 풍경이야
닿아도 닿아도 너른

천국

천국에서는

사람들이 꽃을 심고 있는 광경이
잘 보인다.
종종 꽃 머리들이 호수의 잔물결처럼
일렁인다.

하지만 천국에는 아무도 없다.
꽃을 보러 간 것일까.
꽃도 보고
사람도 보러 간 것일까.
꽃처럼 지나간 사람이 보였을까.
잘 아는 뒤통수였을까.

천국에서는
마음을 훔칠 만한 것이라면 환히 보인다.
특히

지옥이 잘 보이고

지옥 가득 꽃 사이로 부지런히 움직이는 사람들이 잘
보인다.
심자마자 여위는 꽃과
그 위로 다시 심기는 꽃이
선명히.

천국에 닿을 것처럼 아름다운,
영혼이 있다면
반드시 흔들릴 만한,

저기요.
저예요 들리나요 저 좀 보세요.
천국은 가끔 풍경에 말을 거는 사람들 때문에 시끄럽다.

천국에서는 아무도 꽃을 심지 않는다.
저기로

함께
꽃을 심으러 가고 만다.

서울

천사가 지상에 올 때마다
세상은 한층 일그러진다.
균형을 잃으므로

천사가 지상에 왔다 갈 때마다
세상은 기우뚱거린다.
천사들이 건망증이 심하므로, 깃털을 떨어뜨리므로

월남참전자회 회원들과 안국역에서 버스를 함께 탔다.
돈이 많다는 베트남 말을
아직 기억하노라고.
건강하고 튼튼한 남자들이었다.
작년에, 그리고 재작년에 죽은 회원들 이야기
지나며

천사가 드문드문 보이다가
안 보였다.
서울에는 참 실종되는 사람도 많네.
이번 주만 해도 도대체 몇 명인지.

분명히 있었는데 어떻게 사라지는 건지

버스가 급정차하는 건지
천사가 떠나가는 건지
손잡이를 잡다가 크게 휘청, 사람들 사이

손자와 손녀 이야기, 재개발된 아파트 이야기,
그 어릴 때 갔어도 베트남 말로 돈은 기억난다는,
그 말이면 베트남 여자들이 다 웃어줬다는 이야기를 들
으며……
실종된 사람들도,
죽은 형님들도 안됐지만
오늘은 서울에서 낮술을 마시기로 했다는 이야기, 그
래서
오래간만에 사랑하는 형님들과 버스도 다 탄다는 이야
기를 들으며

나는 서울로부터
우리들의 서울이 궁금해 햇빛 속을 한참 더 달렸다.

천사가 하나도 보이지 않을 때까지
가볼 작정이었다.

그때에도
그들의 어린 등 뒤에도
천사가 있었으리라.

길을 쓸고
깃털을 모아 사람의 무거운 몸과 쌓아 함께 태웠던 일,
사이

그들 모르게
휘청,
서울까지 따라왔으리라.

속삭이기

야생의 희망이 두렵다.

아니야? 희망을 나더러 가지라고 한다면, 나는

말해야겠어.

희망은 나뭇가지에 매달린 잎사귀에 매달린 바람에 매달린 이슬에 매달린 한순간 아니야?

수확할 수 없고 모아둘 수 없는 희망.

희망은

반나절 안에 텅 빈 광을 가득 채우라는 시험에 처한 며느리들의 초조함 아니야?

양초를 사서 불을 밝힌 며느리가 전 재산을 받았다는데……

초에 매달린 불꽃에 매달린 어둠.

어둠에 매달린

제 손발도 보이지 않는 어둠.

그것도 가득 참이라고 말할 수 있는 것 아니야?

날뛰는 희망을 누가 잡아 길들여 기르고 번식시키고 귀여워할까.

광을 만들고

광 안에 뒤주를 만들고

바람은 들되

벌레는 먹지 않게 틈을 내고

물은 주되

입술을 적실 정도만

거기에 가둬놓고 숨소리만 넘치게 하면 되는 것 아니야?

다음, 광의 문에 못을 치고 날뛰는 것이 가득하니 아무도 들이지 말라

하면 되는 것 아니야?

도축될 희망, 정돈될 희망이 재산을 불린다니까,

그러나

나는 며느리가 아니고

나는 희망이 아니고

나는 상대적으로 작은, 상대적으로 큰, 상대적으로 인간, 상대적으로 여자,

문을 계속 연다

새어 나간 희망

매년 꼭 같은 모양의 벌레로 돌아오는 것

아니야?

죽음이 우리를 갈라놓을 때

자니? 너,
이마도 코도 입술도 괴로워 보여
건드리고 싶어 견딜 수 없는 기분이 들잖아
너를 나는, 오직 나를 위해, 너로 만들고 있지
즐길 수도 누릴 수도 싫어할 수도 없이
나는 네게서 나는 냄새
부풀어 오른 무덤
숨겨놓은 집을 돌려받을 거야
대신
벚나무의 연두색 잎사귀가 얼마나 많은 물을 필요로 하
는지
버스 정류장에 서 있는 너의 귀밑머리가 어떻게 휘날리
는지
너에게 가르쳐줄 거야
목부터 이마까지 차 있지만 나오지 않는 말도
같이 해줄 거야

하지만 너는 내가 모르는 노래를 하네 이 몸이 새라면
이 몸이 새라면

너는 나를 지고 다니느라 자세가 나쁘지
이마에 툭툭 핏줄이 돋고 가끔
　내가 있는 걸 알아차린 듯 어깻죽지나 뒷목을 주무르
는데

　날지는 못하네

　나? 날개,
　오직 너를 위한 것
　하지만 너의 몸도 오직 너를 위한 것
　내가 거칠게 몸부림치고
　너의 뒷목을 당길 때 너는 아프지
　너는 나를 알고 있지

　하지만 너는 내가 모르는 노래를 아네
　날개는 새가 아니네

네 가슴속에서 일어나는 일

하늘이 낮아진다
턱 밑의 어둠
속으로 들어가
네 가슴을 열어본다 야…… 정리 좀 해라
중얼거리며 허물 같은 옷과 코 푼 휴지, 커다랗게 굴러
다니는 먼지를 발끝으로 살살 민다 야 나 구경한다 물결
처럼 외친다

나는
아무도 궁금해하지 않는 비밀처럼
너도 모르는 비밀로서
네 가슴속에서 서성거린다
꽃병, 머그 컵, 페트병, 옛날 교과서, 한 번쯤 들춰본 책
사이에
내 비밀도
놓아두면 안성맞춤이겠다
너는 묵직한 가슴을 안고
어쩐지 얹힌 것 같아 소화제를 먹고
일요일에 배운 노래를 일요일이 아닌 날에 떠올리며

일요일의 언저리에서
일요일을 구성하는 목소리와 공기를 만들겠지
그것도 여기 처박히겠지
누가 네 가슴을 치우겠어……
납작해진 방석, 보풀 일어난 담요, 잉크 굳은 펜, 부러진
연필, 미끌미끌한 지우개 사이에서

나는 포토 타임을 갖기로 한다

친구가 기억하는 내 시
구절 사이에 남긴

비밀을 바라보며
살짝 웃는다

비밀은 별건 아니고,
네 가슴속에서 이런저런 일이 있었어…… 하고
사진을 찍은 다음
네 가슴속에 놓아두는 거야 그 위에 옷 더미와 휴지와

먼지가 또 쌓이겠지
  그게 네 가슴이고
  그게 내가 기꺼이 살고 싶은 네 가슴이고
  그게 내가 몰래 쓴 시고……
  나는 어쩐지 속이 얹힌 것 같아 차가워진 손을 살살 주
물러본다

  나의 비밀은 나에게서 멈추지 않고
  네 가슴에 모여 있다
  묘비들은 다양한 것이다
  폭탄에 일그러진 천사상 있었다
  파도를 타는 아이들 있었다
  낮아진 하늘 있었다 비를 피해 낮게 나는 새들과 벌레
도 있었다
  부드러운 물결 있었다 좋아 보여서 탐이 났다

  사진도 나도
  네 가슴과 잘 어울렸다
  내가 원하는 것은 다 사진 바깥에 있었다

가짜 엄마

가끔 아무 아이에게 달려가 내가 네 엄마야 외쳐야 할 것 같은 순간. 아무 아이가 아니다. 사실은 나를 닮은 아이, 내게만 보이는 아이에게 달려가 나야 엄마야 외치고 싶은 순간. 아무 아이처럼 보이지만 아무 아이는 아닌 아이의 얼굴이 내 곁에서 멀어져 가는 걸 훔쳐보다가, 횡단보도 하나만큼 간격을 두고 따라 다니다가, 신호가 바뀌면 놓칠 것 같은 시간을 두고 따라 다니다가 집으로 돌아와 나야 엄마야라는 말은 절대로 입 밖으로 내지 않고 그냥 흑흑 울기만 하다가 아무 울음소리와 같지 않게 흑흑 흑흑 하면서 발음해보다가 진짜 울음은 어디에 있나 싶어, 흑 흑 흑 흑 흑 발음하다가 진짜 아이가 울고 있으면 어떡하나 울지도 못하고 엄마 엄마 숨이 넘어가고 있으면 어떡하나 진짜든 가짜든 내가 이렇게 주저앉아 울고 있을 때가 아니다 맨발로 거리를 박차고 달려 내 아이 보셨어요 내 아이는 나를 안 닮았는데 내 아이예요 도움을 요청하고 싶은 것이다 아무 경찰서에나 달려가 문을 열고 들어가 우리 아이를 당장 찾아달라고 외치고 싶은 것이다 경찰이 못 찾는 아이가 있다 죽은 아이다 진짜 아이다 그러면 가짜 아이도 있나 세상에 진짜가 있으면 가짜가 있다고들 하니까 죽은 아이의 죽은 엄마가 되어줘야겠다 가짜 아이의 가짜 엄마가 되어줘야겠다 가짜 아이는 흑흑 울지 않고 악악 울까 엉엉 울까 가짜 엄마는 우리 아이 착하지 울지 말자 달래지 않고 울어라 울어 실컷 울어 하고 말까 아니면 야 너만 울 줄 아냐 나도 울고 싶다 하고 아이보다 먼저 울어버릴까 엄마는 세상에 단 하나밖에 없나 죽은 아이에게도 산 아이에게도 내 아이에게도 그렇나 진짜면서 가짜고 가짜면서 진짜일까 흑흑 우는 소리는 가짜 같다는데 가짜가 되는 일이 먼저일까 진짜가 되는 일이 먼저일까 흑흑 운다고 쓰는 것은 운 다음에 하는 일 울지 않아도 할 수 있는 일이라는데 흑흑 죽은 엄마가 어떻게 우는지 모른다 죽은 엄마가 죽은 아이를 찾아 우는 소리를 누가 알겠는가 심장 보여줘 하고 말하면 가짜로라도 가슴을 가르는 시늉을 하며 여깄어 내주는 일 바보야 심장은 왼쪽에 있잖아 말하면 엄마가 뭘 알아 죽으면 다 반대로 해. 엄마를 내가 지켜줄게. 그런 말이 심장에서부터 들리면. 바보처럼 가짜 엄마? 아니면 진짜 엄마? 속으로만 생각하는 일. 온몸이 두근거려 참을 수 없는 일.

요정 고기 손질하기

쌀가마니 같네
이 무게가

합하면
아이 여러 명 같네

여기서 나온 국물과 살로
먹일 입에겐 좋은 일이네

이 생각이
쌀가마니의 쌀을 다 털어먹도록
떠날 기색이 없어서

뼈를 정리했지
뼈에서 분리한 숨을 모았어

이게 정말 맛있는 건데
너무 가벼워 금세 사라져버린다니까
입김에 날아가버린다니까

나는 숨을 죽여야 했지

강아지 망아지 송아지
그 모든 부드러운 혓바닥을
느꼈던 순간을 합친 것보다
더 조심스럽게

숨을 거둬들이는 동안

나는 사람들을 헤아렸어
사람을 사랑해서 의사가 되는 사람도 있고
목회자가 되는 사람도, 사회운동에 투신하는 사람도
있고
건물 아래로, 다리 아래로
사람의 품으로 뛰어드는 사람도 있고
사랑이 때와 재능을 만나 사랑만 하는 사람도 있지
나는 요정을 사랑해서
요정 고기를 손질하나

손질할 때마다
가장 맛있는 것을 먼저 먹어서
조금 아쉬웠지
그래도 맛있다 혼자 먹기 아깝다 생각했지

요정이 내 뼈에서 쉬며
생각하는 걸 알고 있었지

부모 주워 오기

주워 올 게 그렇게 없었니 핀잔을 들어가며 나는 부모
를 꼭 끌어안았지
그러나 당신들은 너무 아름다워

무척 매우 굉장히 엄청나게
중에
나는 너무를 골랐어
너무하다 중얼거림이 어울리는 당신들 모양

이번 달엔 택배를 너무 많이 시킨 것 같아
택배 박스를 몽땅
내놓는데 부모
덜덜 떨고 있는 게 아닌지
단지 빛이 반사되어 멀리서부터
돌아온 것이라고 보기엔
너무
너무하다
나는 부모를 조심히 주워
비가 들이치는 밤

창가에 두었지

덜 여문 것과 덜 아문 것
다 여문 것과 다 아문 것
흙을 지우려 떨어지는 비와
빛과
소리

소리를 지우려 떨어지는
흙과
눈물

내가
가장 좋아하는 건 사랑하는
두 사람
누구도 아무도
무엇도
끼어들지만 사랑을
너무한 두 사람

오래 두고 보려고
나는 가끔 부모를 마른걸레로 살살 닦아볼까
고민하는데

충분히 젖은 부모는 표정과 온기를 가진 듯
넉넉해 보여
자랑하기에 너무 별거 없나
하지만 이미 들인 부모를 너무 아끼게 되었고
자주 만져보진 않지만
있다는 게 익숙해서 너무 좋아서
주워 왔다는 말은 못 듣게 한다

밭에 갔어요

머리가 뭐기에
뭐 그렇게 소중한 거라고
항아리에 넣어 기찻길 옆 밭에 묻어두었다고 합니다
목에 올릴 수만 있다면
내 머리가 될 거라고
합니다

몸들이 달려가요
달려가서
파헤칩니다
멧돼지 다녀간 고구마밭 같네요
안 보이니까 모르지만
본다고 다 아는 건 아닙니다
해가 뜨면 몸들이 더 많이 몰려올지 몰라요
해가 뜨기 전에 찾아라
머리를 찾아라
몸에
꼭 맞는 머리를
밭에서 캐내는 건

드문 일 아니겠어요

자유로운 머리,
누구에게도 속하지 않은
머리,
내게 딱 맞는 온전함을 발견하기란 쉬운 일이 아니죠

한 몸이 드디어 항아리를 발견했나 봅니다
아뿔싸
머리가 하나가 아니네요
덩이줄기 식물인가요
귀를 물고 코를 물고 줄줄이 딸려 나옵니다
몸들이 달려드네요
다치겠는데요 아주 장관인데요
자유가 어디 있나요 고를 틈이 어디 있나요
난리가 났습니다
첫차가 오기 전에는 끝나야 할 텐데요
기찻길 옆 오막살이
머리 머리 자나요 머리?

항아리는 속도 없이 머리를 계속 꺼냅니다

손에 잡힌 머리를 더듬어봅니다 귀 두 개 코 하나 눈 두
개 좋습니다

얼추 일어서봅니다

자유로운가 하면

것도 같고 아닌 것도 같은데

머리들이 몸을 달라고

굴러옵니다

해가 뜰 텐데

부끄러운 줄도 모르고

몸이 어떻고 마음이 어떻고

별소리를 다 하며 따라옵니다

흙발도 넘어진 몸도 다 내버려두고요

보따리

자유로운 머리를 들고
광주에 갔습니다
휴가도 짧은데
무덤 그거 사방천지인데 꼭 거기를 가자네요
여기서도 죽고 저기서도 죽었으니
어딜 가도 붐비는 것 당연하지 않냐
했더니
봄에 광주는 서울보다 한가롭답니다
큰 산 스쳐 지나 작은 산 스쳐 지나
눈에 띄는 무덤은 없는 무덤 많은 도시에서
느리게 걷습니다
무덤을 들고 다닐 수 없으니
머리를 들고 다닌달까
뭐랄까
머리는 자유로이, 누구보다 자유로우나
머리의 종처럼 나는 당신들 몸을 향해
부딪힐 때마다
사과하고
안타까운 시선을 받거나

당혹스러운 정도로 무시당하고

사람이 없는 뙤약볕에서

머리만을 위한 길을 몸으로 열어주며

다녔습니다

구시가지를 걸어 다니다

조금 지쳐 길가 그늘에 앉아 쉬었습니다

허벅지 위에 머리와 두 손을 올려두고 생각했습니다

맞은편에서 보면 이건

보따리처럼 보이겠구나

결핍처럼 보이겠구나

잉여처럼도 보이겠구나

보고 싶은 대로

보이겠구나

안 보이겠구나

몸이 있는 곳으로

머리가 자꾸 가려고 합니다

나는 들어줍니다

남의 심장 소리를 들을 때처럼

나는 머리를 살살 쓰다듬으며 어룹니다

불 지르기 전에

안녕 내가 집을 불태우려고 해
그런데 우리 집을 불태우면
옆집이 불탄다고 해
그런데 옆집이 불타면
그 옆집도 불탄다고 해

실로
검은
그림을 위한 밑색을 칠하려고 해
그러려면

잘 가
석양
잘 가
지난밤 정전
잘 가
어린애의 볼
잘 가
여자의 피

잘 가
피에 젖은 물
잘 가 잘 가

악마에게 그림자를 팔까 두리번거리는 사람들 잘 가

살점을 베려면 피를 흘려야 하듯이
나는 세상을 이해해야 하는 거야

날아오르는 작은 새들과 잔가지와 전선과 높은 건물의
끄트머리와
내가
세상을 잠깐 어둡게 할 수 있다는 것
반가워
작은 새
반가워 잔가지
반가워 전선
반가워 반가워
아주 좁은 악마의 유리병 속으로

들어가듯이

안녕
환영해

이런 건 삶이 아니라고
불 지르기 전에

비스듬한 시선

어린애인가
어린 여자애 맞나
저해상도 흑백 화면이 반사하는 것은 내 얼굴과
소녀처럼 작은 여자의 움직임
뭐 하는 거야
저 여자

카메라의 움직임을 따라
보니
원숭이가 여자 얼굴 가면을 쓰고 있었다

매끄러운 머리카락
젊은 처녀의 고요한 얼굴

가면을 씌운 것만으로 원숭이는 신비로운
어린 신 같았다

원피스를 입은 원숭이의 두 팔이
벌거숭이 아기 인형을 안고 흔든다

인형은 잠든 것처럼 얌전하고
죽은 것처럼 안전해 보인다

가면이
창밖을 비스듬히 내다보다 소파 쪽으로 천천히 돌아왔다
움직임이 나와
크게 다르지 않지만
다르다
내면으로 가라앉지 않기 위해
여자와 소녀와 아기와 원숭이를
섞지 않기 위해
화면에
섞인 채
얼굴을 얹고
얼굴을 중심으로
비스듬히 앉았다 일어선다

* Pierre Huyghe, 「Untitled(Human Mask)」(2014).

사람의 딸

나는 나를 돕지 않을 신에게 기도한다
나를 여자라고 칭하면, 조금 더 진실에 가까워진 느낌
이 들까

몸을 모아 가져가면
전부 오염된 증거이므로 무용하다고 한다
형사의 손에 들린 커피
바닥에 쏟아진 커피
형사에게 커피가 없었던 때에도
사람은 사람을 죽이고 시체는 썩는다

시간이 흘러간다는 것을 피부로 머리칼로 느끼면
포기가 아니라 사랑을 알게 될까
예수나 부처의 제자 중에서도
이름 없는 말단의 말단의 말단의 제자 된 자라도
붙잡고
이 몸을 어떻게 하면 좋겠느냐고 묻고 싶다

형사는 일단 집에 가서 깨끗이 씻고 자고 먹으라고

한다 주량이 얼마나 되느냔 질문을 들었다
단위를 묻지 못해서 답하지 못했다
내가 입을 다물고 있자 형사가 덧붙인다
나중에 뭔가 찾으면 연락을 하라고
나중에 도움 주겠다고

2부

박쥐들은 어디에 살아요?

빈집에 드는 빛

빛은 낙원 밖에도 있지

빛에 야위는 것들은 무엇인지?

죽은 나무를 흔드는 바람

소리에 없는 마음과

마음에 없는 소리가

표정이 없는 대답과

대답을 잊은 표정이

절망과 물정을 아는 희망이

죽은 것처럼 보이는 나무에

걸어놓은 이름표를 읽듯이

노을 지나 내려앉는 박쥐들을 센다

저는 죽었다가 다시 살아났다고 생각 안 해요

박쥐들은 여기 살아요

이 몸속에는 뼈도 내장도 없고요

박쥐들이 옮겨 다녀요

손대볼래요? 뼈처럼 내장처럼 딱딱하거나 물컹할걸요

비명이 나올걸요

사람 귀에는 안 들릴 거지만서도……

죽은 것처럼 보여도 이 몸은 절대로 병원에 보내지 마세요

박쥐들을 위험하게 만들고 싶지 않거든요

천천히 나는 그 몸을 만져보았다

만지기 싫었지만

만져보았다

오려내는 힘

밟고 있는 땅이
필요했어
붓꽃에 뿌리가 있다는 증거가
삶에서 떠내려가지 않는 이유가

붓꽃
물가를 따라
물로 흘러내리는 흙을 붙잡는

우거진 풀 사이 벌레처럼 날아드는
기억에 남지 않는 손
그게 물가를 걷는 네 등을 살짝 밀어주지

너 모르게
네 용기를
돕는 푹신하고
그늘 없는 땅

창포원에서

아무것도 밟아 죽이지 않는
붓꽃을 봤어
그건 너도 나도 아니었고

그늘을 흔들고
이마를 들추는
바람, 창포를 하나하나 다 건드리고 가는
바람

너와 나를 습지원 풍경으로부터
오려내지
너와 나를 기슭에
머물게 하지
땅 위에 서게 하지

수박 사주세요

수박 사주세요
나는 말했지 수박 사주세요

혼자서 감당할 수 없고 계절과도 어울리지 않는
물과 어울리는 의태어를 말해볼까요
번역할 수 없는 말을
사라질 것 같은 말을

주르륵 콸콸 흑흑 죽죽
쾅
쾅
부딪히고 내려치는 소리
꼬르르륵
빠져드는 숨
빈속에
흘러 내려가는
차가운 물

꼴깍

하고 삼키는
침

수박 사주세요

작은 무덤에 가서
말했지
수박 사주세요

이토록 작은
집에서 친구는 어떻게 기척 없이 있는가
무덤은 어떤 꿈을 꾸는가

무덤 앞에 놓인 수박에는
아무런 은유도 없고 상징도 없다

칼을 깜빡했잖아
한참 서성거리다

혼자 먹기 싫어 이 무덤 저 무덤에 다 나눠 주려고 했는데
튀어나온 뼈라도 없나
두리번거리지만

흘러나온 물은
증명 징후 증거
턱을 타고
흐르는
흐르는
무덤에서부터
내가 낸 발자국 얕게
고여 흐르는
넘치는

무른
피부
적시는

사람이 하지 않는 일

내리세요
통곡하는 사람은 버스 못 타요
포장되지 않은 음식물, 자유로운 동물, 돈 안 내는 사
람은
버스 못 타요

요정의 특징

성체는 부피와 상관없이
쌀 한 가마니만큼의 무게
그 이상일수도

가시 많음
심장 있음
폐호흡함
피부호흡 여부 확인 중

웃는 것 같음
우는 것 같음
표정 여부 확인 중
소통 방식에 대해 파악 중

인간이 먹는 것 다 먹을 수 있음
인간의 질환 옮을 수 있음
인간이 가는 곳에 다 갈 수 있음
인간이 없는 곳에도 있는지 인간이 확인한 바 없음

자연발생설 유력

가시를 전부 바르면
인간처럼 보임

가시를 전부 바르면
눈부신
아름답지는 않은
아름다움

날개는 석상처럼

날개는 석상처럼 언젠가는
부서질 것 같고 언제나
빈속만을 바라는 느낌

날개는
몸보다 큰 것
온몸을 가리고 다 펼치면 한눈에 보기 어려운
또 다른 몸 같은 것

하지만 말이야

네가
그릇을 내려놓고 칼을 휘두르는데
아무 소리도 나지 않았다

어떤 요리기에 소리도 없고 냄새도 없나
좀 물어보려는데 너는 보이지 않고
날개만 보였다

손이 없는 너를 대신해
그릇을 받아 들고
이게 뭐냐고 물어봤을 때

너는
다리도 너 먹고 날개도 너 먹어
말했다 나는 만들면서 질렸어
말했다

뼈가 없잖아 뭐가 다리고 뭐가 날개인지 모르겠어
나는 고개를 푹 숙이고 포크를 들어 그릇을 바닥까지
헤집었다
그릇 바닥이 맑았다

우리가 사는
집의 부엌은 우리가 마주 서려면 껴안아야 할 만큼
아주 작다 너는 날개를 접지 않는다
침을 조금 삼킨다

빗나가며 명중하는

분명히 놓았다
창문처럼 벽처럼
먼지 앉은 플라스틱 화병처럼
분명
국자로 퍼서 담아두고
잠시 등을 돌렸다

그림자가 지고 있었다

국자가 부드럽게 움직였다
우묵한 접시 가장자리가 살짝 넘칠 정도로
시선을 돌렸다

냄비를 지나 버너를 지나 벽까지 창문까지
창문 바깥까지 그림자

냄비 속에 끓고 있는 것과
목덜미를 타고 흐르는 땀과
버너의 불꽃이 움직였다

그림자에는 굶어 죽은 영혼이 깃들어 있다

안 돼 안 돼

나는 접시를 눈앞에 놓았다

사람은 음식이
사라지는 그릇

묶기

물이 무섭냐 불이 무섭냐

한 그루의 나무에게
나는 영혼을 주려고
내 영혼을 확인하려고 매일 묻는다

물이냐 불이냐

지옥을 다 태워도
천국이 되지 않는다니

천국에 눈물의 홍수가 난다면?
천국의 존재들
유유히 유영할지도

나무에 물도 주고
태운 재도 덮어주고
하면서

농담이 통하지 않는 상황이 오면

나무 밑에 일단은 묻을 거지만
일단 묻고
나무에게만 말을 걸 거지만

먼저 묻고
나무를 위에 심을 거지만

나무가 죽는다는 걸 알아도

서쪽에서 온 나무

서쪽에서 온 나무를 광화문광장에 심으려고 했어.

사람들이 그 나무 그늘 아래서 쉴 수 있다는 계시를 받

았거든.

하지만 그 나무를 심으러 가는 길

너무 멀었어.

버스를 타고, 버스에서 거부당하고, 휘청

넘어지고, 다시 집으로 돌아와 포기하고

하지만 그 나무를, 서쪽에서 온 나무를 심어야만 했어.

다시 갔지. 화단을 더듬고 있는데 경찰이 다가왔어.

미친년 아니에요 나는 최대한 간결하게 설명했거든.

다시 갔지. 나무를 빼앗길 뻔했거든.

화단 빈자리를 더듬고 있는데 사복 경찰이 다가왔어.

이 야밤에도 경찰이 오다니

이 나라 제법 안전하구나 싶었는데 취한 남자였지.

경찰을 부르겠다고 했더니

불러봐 불러봐 돌진하더라.

다시 갔지.

삽을 들고 나무를 진 여자 보시오.

나는 키 큰 외국인들 옆에 딱 붙었어.

영어로 말을 걸길래 나는 한국말 했어

나는 그들이 한참 뭐라고 떠들며 웃는 동안 대충 웃으며

나무를 심어버렸지.

서쪽에서 온 나무는 무척 빨리 자라더라. 그건 곧 죽을

것처럼 빨리 컸어.

누가 내게 이 나무를 심으라고 했나.

나는 나무를 향해 사람들이 다가가는 것을 봤어.

사람들이 나무 위로 기어올라가기 시작했어. 그건 꼭

원숭이나 표범처럼

빠르고 정확했어. 나는 나무가

너무 빨리 자랐다고 생각했어.

나무는 표범이나 원숭이 같은 것들이 하나도 없는

광장에서

어느 날

광장에서 떠날 수 없는 사람들을 매달고

갑자기 부러질 것이었지.

나는 그늘에서 쉬었어.

사람이 하는 일

추스르고, 음식물을 목구멍에 집어넣고, 자유로운 동물
을 풀어주고,
새로 올 버스를
기다린다
사람들 뒤에 멀찌감치 누워서
추스르고, 음식물을 사람들에게 나눠주고, 자유로운 동
물의 자유를
나누며
돈 없이 있어도 되는 사람처럼
기다린다
갈 수 있다

불꽃과 한 대의 향이 시간을 날릴 때를 연상하라
사람과 사물의 시간개념은 다르다
사물은 사람의 공간에서 사람이 되지 않기 위해서 최선
을 다한다
사람의 시간을 챙겨
살뜰히 버린다

무주지

빛이 있는 곳에

그림자를 두라

빛이 시작되는 곳과

빛이 희미한 채로 도달하는 곳, 빛이 거의 없는 듯 보이
는 곳에도

그림자를 두라

그림자가 통과하지 못하는 곳, 그림자가

절룩이는 듯 빛에 베인 듯

흐르는 곳에도

빛을 두라

끊이지 않는 것에

다가가

참여하라

참여하라

반쯤 물이 채워진

유리컵에

빛이 구부러지는 것을

그림자 휘는 것을

보라

일렁이라

요정의 마당

한 뼘을 두고 마당이라고 하려면
한 뼘보다 작은 창문 있는 집
한 뼘을 두를 만치 울타리
손톱만 한 사람
손톱보다 작은 빗자루가
필요하다

요정의 보폭
요정이 걸어올 길
요정의 없는 마당이 근심이다

요정의 발자국 생길 리 없대도
마당은 있어야지
우리에게 올려다볼 하늘이 필요하듯이

틈틈이 남의 집 앞 한 보 걸어보며
둘러보는 것
마당 쓰는 사람이
마당 쓰는 소리를

묘사하는 것

삭삭
슥슥
말고

눈 위로 내리는
빗소리 같다고 하는 것
잠결 창턱에 걸리는 빗소리 같다고 하는 것

자러 가던 요정이 유리창을
스치듯
순식간에

나는 그것을
요정의 살짝 휜 척추
라고

후 길게

불어
거기 없음 확인할 것이다

요정의 마당
눈부터 내려 쌓일 수 있다고
적어둔다

지각하는 이유

　초상화가를 만나기로 한 날이면 꼭 늦는다 내가 아무리
늦어도 참아주나 하면 그런 것은 아니고 도대체 사람이
왜 그러느냐 비난하는데 그럼 나는 또 참지 못하고 사람
이 왜 그러는지 사람으로서 왜 그래야 하는지 미주알고주
알…… 언제나 해가 떠 있을 때 오면 된다고 해놓고 왜 노
을은 해로 쳐주지 않는지 되지도 않는 말이라도 하려다가
그야말로 내가 늘 문 앞에서 들어갈까 말까 서성이는 것
을 알면서도 문이 열려 있다는 말을 해주지 않다가 마침
내 내가 벨을 누르고 나서야 화를 내며 문을 열어주는 거
다 아는데…… 오십 보 백 보 아닌지 내가 만난 유일한 초
상화가가 당신이므로 나는 초상화가는 다 이렇게 기다리
면서 화내는 존재인가 싶었으나 그는 자신을 초상화가로
대하지 말고 그 자신으로 대해달라고 주장한다 하지만 당
신도 나를 시인으로 대하잖아요 늘 늦는 사람 늘 아주 많
이 늦는 사람 한발 늦는 사람 늦은 뒤에 오래 돌아가지 않
는 사람으로 대하잖아요 나도 할 말은 있다 그가 생각하
는 시인은 길가의 풀을 다 만져보느라 늦고 하늘의 구름
을 세느라 늦고 사이즈가 엉망인 신발을 신어서 늦는 사
람이다 그런 요정 같은 짓을 내가 할까 보냐마는 초상화

에 어울리는 옷을 고르다 보니 이도 저도 맘에 들지 않아 거울째로 이동하는 날이고 큰 사거리마다 시위가 있는 날 이고 택시 기사와 다툼이 있는 날의 연속…… 뭐라 할 말 이 없는 때처럼 미묘하게 웃기 위해 시간을 들인다 당신 이 원하지 않는 바로 그 웃음을 위해 당신이 날 기다리는 걸 알면서 한참을 서성이는 시간이 점점 더 늘어나는 까 닭에…… 바로 그 시간까지 당신을 만나고 있는 것이라고 정말 피곤하지만 나도 당신도 이 시간 피하기 어렵다고

종의 차이

개구리와
기린

하마와
물풀

물과
먼지

인형과
거울

나와
나 아닌 사람

흰 비둘기 옆에 검은 비둘기
죽은 비둘기 옆에 산 비둘기
전선 위에 가지런한 회색 분홍색 갈색 비둘기
섞인 비둘기

내 집 오는 골목에는 쌀과 콩이 새벽마다 흩어져 있다
정오까지 새들이 머무를 만큼
많이

「누가 자꾸 새에게 먹이를 주는 거냐
그러지 마라」

경고문 주변에
새똥이 가득하다

비둘기와
나

무덤을 만들지 않는 종과
무덤을 업고 다니는 종

노을

또박또박 적어보았다

너무 넓지 않게 너무 좁지 않게
풀도 밟지 않고 개미도 밟지 않고
웅덩이도 밟지 않고

노을,
내가 너의 기척을 알아챘니

표정을 숨기면 마음이 다 감춰질 거라고 믿는
불빛에 몸이 다 보이는
짐승

너는 죽어가는 중이었지
너의 고요 바깥으로 파리들이 날아오고
나는 지나가는 중이었지

너의 죽음을
더 잘 보려고 발돋움을 했는데

더 이상 기척이 느껴지지 않았어
내가 너의 죽음을 뭉개버렸니

모든 물체는 빛을 방출한다고 했지
네 거대한 몸이 나를 감싼 채
죽음처럼 강해졌지
우리는 같이
달라지는 중이었지

3부

바닥의 시

뒤척이는 사람더러
어떻게 여기까지 바닥을 데리고 오니
묻거나
묻지 않기

그리워라 그리움 없던 날들
그립지 않은 마음

네가 만드는 바닥이 좋다
등을 대고 누우면 코끝이 바닥이고
똑바로 서면 정수리도 바닥이고
모로 누우면 팔 위로 올라선 소름이 바닥

너와 내가 같은 바닥을 짚으면
그것은 토대
그것은 난장판
그것은 늪 표면의 물렁물렁함

우리 사이로

고양이가 몸을 헝클어뜨리며 무너진다면
그것도 바닥
고양이가 건드려 쌓아놓은 수건이 풀썩
무너진다면
그것도 바닥
잘 마른 볕 아래
말 없는 이의 표정을 살피는 것
바닥
밖으로
버릴 수도 보낼 수도 없는 마음으로
수건을 털고
그리운 사람이 되어
말 없는 사람이 되어
젖은 책처럼 뭉텅이로 말라가는 것
감은 눈꺼풀의 떨림을
훔쳐보는
바닥
끝없이 뒹구느라
누웠던 바닥을

사지 늘어뜨리고 느껴보는 것
바닥을
온몸으로 덮어주는 것

술잔의 시

술 마시는 벌레는 인간을 물지 않는다

한 모금 나누고
술 붓고
한 모금 나누고
또 술을 붓는다
입술로 후후 술 위에 엉겨 붙은 날벌레를 민다
후후
입술에 닿지 않고 사라지는
술
벌레와 나눠 마시는 후후
입술에 붙은 벌레는
아직 살아 있지만
다리와 날개와 몸통을 구별하기도 전에
손등으로 닦아버린다

후후
취한 벌레여
취한 종자여

신과 인간이
서로 존재를 의심하지 않듯이
닦아내자

뭉개진 작은 것이
마시던 술 묻은 입술

바보

머리에 바보 살아
바보 머리에는 나 살고

모형 정원에 모형 나무 모형 풀
자꾸 생겨나는 날벌레 살아

모형 날벌레 속에 모형 알
바보 살아가

바보는 일해
바보는 열심히 해
바보는 했던 일 다시 하지 않아
씨앗 살짝 뿌리고 흙 살살 덮은 후
마당을 쓰는 식
물 주지 않고
마당 거닐지 않아

모형 알 징그럽지 않아
모형 날벌레는 더럽지 않아

바보는 깨끗
내게 바보의 머리 있어
머리에 알 있어
부화하지 않도록
차가운 곳에 머리 두고 자
바보도 그런 것은 알아

사람이 많은 장례식장

사람이 아주 많을 시간을 골라서
장례식장에 갔다
장례식장 바깥에서 멀찌감치 서성거리면서
사람이 가득 차기를 가만히 기다렸다
가볍게 인사만 하고 올 계획으로
앉을 자리도 없어야 밥 먹고 가란 말 안 들을 텐데 괜히
장례식장 바깥을 두어 바퀴 돌았다
볼 거라곤 사람들의 흰 얼굴
담뱃불이 만들어내는 연기

쉼 없이 들락날락하는 사람들이
육개장을 치우고 소주를 채우고 맥주를 날랐다
내가 갈 장례식은 아니었다
발 디딜 틈이 없는 장례식장이네
가볍게 향만 맡고 가면 되겠네
같이 간 친구들이 고개를 끄덕끄덕했다

밤샘 중인
상주의 파랗게 내려앉은 얼굴을 잠시 핥았다

잠들라고
절은 하지 않았다 기도도
문상객 옆에 엎드려 밥이 사라지는 걸 구경했다

제단에 바치는 시

불길하게
사과 하나만 나무에 매달려
떨어지지도 벌레 먹히지도 않고
하룻밤 사이
나무가 죽어도
사과가 죽지 않아서
나무가 사라져도
사과가 흔들리지 않아서
불안하게
기이하게
견딜 수 없어서
허공에 뚫린 구멍 같아서
태양의 작은 자식 같아서
사과에 꼭 맞는 제단을 만들어
사과를 받쳐둔다
사과는 썩지 않고
인간이 다 썩어도
사과는 죽지 않고

사과는 요구한다
손가락 하나
혹은 목소리
혹은 외로움

인간이 누구에게든
사과에게든
무엇을 바칠지 선택할 수 있나

그래서 가짜 손가락을 만들고
가짜 목소리를 만들고
가짜 외로움을 만든다
보잘것없는 자신 대신 주려고
진짜보다 진짜처럼 만들어서
주려고
가짜 아이
가짜 나
가짜 사과
가짜 시에게

비상구 만들기

가죽을 모으고 쌓고 그 사이로 걷고 그 틈에서 먹고 그 위에서 앉아 쉬었다 가죽 면을 따라 구부러지는 몸 날카로운 바늘…… 바늘? 여기서 내가 그것을 알아본다면 가죽을 수선하려 한다면 내가 바느질에 소질이 없다는 걸 받아들인다면

그러나 나는 바늘을 들고 나만을 위해 죽은 짐승을 찾네 나만을 위해 남겨진 빈 가죽을 두드리네

가늘게 오는 비에
속눈썹이 무거워지는 것처럼
젖은 가죽에서 냄새가 나는 것처럼
내가 끼어들 틈은 없다 아픈 아이가 더 아픈 아이를 밀치든 말든 아이들의 비명, 아이들의 응석, 와중에 짐승의 엉킨 털에 묶여 일어나지 못하는 풀잎만
가엾어도 하는 수 없어

울지 말라고 말하지 마세요 몰라주세요 가죽이 말한다

비가 그치고

눈을 비비고

눈물과 내가 지나간 후 돌아오게요 잠시만 기다려주세
요 용감해지게요

바늘이 말한다

진흙 옷

내가 안고 있으면, 그것은 살아 있는 것
숨소리가 느껴진다

나는 나도 생각이라는 것에 잠겨보고 싶다
확실히 가라앉아 떠오르지 않을 힘으로
나를
띄워 올리려는 무거운 손에 저항하여

생각이란 것이 이렇게
고요한가 귀를 해골 속으로 넣은 것처럼 울리는가
그 어떤 손에도 아랑곳하지 않고

생각하고
생각하면서
생각 틈틈이
내게서 놓여난 것들을 배웅한다

내가 안고 있으면, 살아 있는 것
안겨 있으면서

날 살리던 것

진흙으로 감싸 구운 인형들이
발견되었다고 한다
진흙은 다 씻겨 내려갔다

유년

너는 잊는다

네가 덮은 햇빛의 부드럽고 노란 털,
그 위에 쏟아지는 졸음,
어둑한 오후
귀를 기울이면 들리는 온갖 물의 서로 다른 소리들

폭우는
대문까지 오는 길과 마당과 마루를 지나
네 방에 들어오려고
네 잠에 징검다리를 놓는다

남에게 거저 주거나 헐값에 팔아도
집으로 돌아가는 길이면
다시 내리는 비
새롭게 낯선 비

네가 방에 들어가기도 전에
너를 기다리는

어린 비

네가 길에 떨어뜨린 것들을
딛고 오는 물

너는 발뒤꿈치를 들고
방에서 폭우를 몰아낼 방법을 찾다가
네가 방에서 나가는 것을 선택한다

너는 폭우가 놓은 징검다리를 딛고
마루와 마당을 지나
대문을 나선 다음
햇빛 속으로 들어선다

너는 내내
빛에도 그림자에도 젖는다

새 마음

조금만 더 조금만 더 하다가 날카로워지는
조금만 더 조금만 더 하다가
다 하는
선

없는 선을 계속 잇는 법은
없다
고 해야 정직한 사람이 될 텐데
팽팽한 파도
는 맺고 끊음 없다

없는 선을 계속 잇는 법은
없지만 계속 줄을 내리고 줄의 일부가 된다면
강태공이나 베드로처럼 될 텐데

나는 여자의 몸으로
머리카락을 드리우고
세월을 낚고 사람을 낚고 있다

선이 꼬여 있을 때
확 잘라버리는 여자도
풀어보려는 여자도 있지
두 여자가 밀치고 다투듯이
파도
조금만 더 조금만 더 하다가
방죽 위를 어지른다

파도와 바다를 가르다 마는
말다 가르는
이 선은 없는 듯 있어서
파도에게 바다다 부를 때도 있고
바다에게 파도야 부를 때도 있고
여자에게 인간아 사람아 부르지 않고
여자야라고 부른다
남자야라고 부르면 돌아보지 않으려나
여자든 남자든 상관없다고 말할 수 있는
마음을
건져서

이름을 물어보아야겠다
이름을 묻고
통성명하고
그리고

영혼 만상

꿀을 한술 덜어내려고 하면
다른 삶이
시작된다

영혼은 사람에게 서식하기에 잔병치레가 잦다 환경이
나쁜 것이다
꿀을 먹여 보양을 시켜야 한다

영혼은
꿀이 다 떨어지면 나를 떠날 것이다

친구는 조금 다른 방법을 선택했다
재와 열기를 퇴비 삼아 다른 생물이 자라거나 죽거나
하는데
영혼에게도 그걸 보여주겠다고
영혼은 그걸 더 좋아한다고
그래야
좀처럼 사람을 떠나지 않는다고 단언한다

영혼이란 것은 모름지기
팔려가는 줄 모르고 팔린 다음 서류에만 남거나
처형당하거나 병으로 죽거나 더러운 노트도 남기지
않고
떠난다
그래도 있다고 믿기기 때문에
서식지가 사라지고 개체 수가 줄어들면 보호 대상으로
지정될지도 모른다

영혼은 눈에 보이지 않는다
오랫동안 그렇게 알려져 있기에
나타나더라도 보호받지 못한다

영혼은 소란 없이 서식지의 풍경을 바꿔나간다
꿀이 좋은지
꿀에 빠진 개미가 좋은지
벌집을 태운 후 솟아오르는 연기 좋은지
나나 내 친구
삶이 참 길다

영혼보다
먼저 나가는

새 입장

대한민국에 사는 희망은 키가 작다. 발이 작다. 손이 작다. 그래도 성인용 속옷을 입는다. 어느 날 희망은 자신의 몸이 커졌다 생각했다. 희망이 발을 쿵 구르자 현관 계단이 와르르 무너졌기 때문에, 희망은 드디어 내가 소인국에 왔군 올 곳에 오고야 말았어 흥분했다. 허물을 벗은 후 더 아름다운 뱀 더 커다란 뱀 태어나므로 희망은 두 발을 쾅쾅 구르며 계단을 완전히 부수고 허물을 부숴버리기 시작했다.

희망의 수화물에서 찾아낼 것들, 뾰족한 것, 날카로운 것, 폭발하는 것, 흔들리는 것, 살아 있는 것, 자라날지도 모르는 것. 새를 그려 넣은 것, 뱀을 그려 넣은 것, 죽음 근처에 엉켜 있는 것, 그것들 중 일부는 소시지, 곰팡이, 번데기, 씨앗으로 보인다. 다 빼앗겨도 별수 없는 것. 그러나 희망은 웃는다. 희망, 혼자라면 맨몸으로 날아갈 수도 있었으나, 희망, 에밀리 디킨슨식으로 거친 폭풍우 속에서도 누군가는 희망, 울음소리를 반드시 알아듣게 하려고, 희망,

수화물을 따로 부치고 사람들 사이로 돌아온다.

더 커질 것을 알기에 더 커져도 되는 곳, 희망에게
작은 손 작은 발의 소인들 더 작아져도 되는 곳,
희망에게

비가 그친 후

왼쪽 옷소매를 탁탁 털며 영자가 말한다.
영자가 뭐야 영자가. 영지, 영주도 있는데. 영자가.
투덜거리는 영자는 왼쪽 소매에 속한 사람 같다.

내가 너의 왼팔이 될게.
나는 마음에도 없는 말을 할 뻔했다.
충동적으로.
영자의
영자의 왼쪽 소매 쪽으로 기댄다.
영자는 왼팔이 없다.
은유가 아니다.

만져볼래?
왼쪽 소매 끝부터 시작했다.
영자의 왼쪽 소매 속으로 들어간 내 손이
계속해서 영자의 왼쪽 소매 속으로
들어갔다.

간지러워.

영자가 몸을 비틀었다.
영자가 웃었던가?

좋은 사람이라면 여기서
멈췄겠지.

영자는 용서하는 사람이었다.
영자는 좋은 사람인가?
영자는 나와 우산을 함께 써주는 사람이었다.
영지, 영주와는 다른 사람이었다.
나는 왼쪽 어깨가 젖은
오른쪽 손으로 영자의 왼쪽이 되려고 한

영자가 그만두라고 말할 때까지
멈추지 않는 사람이었다.
다시 비가 오길 바라는 사람이었다.

위문편지

얘들아,
전학 오자마자 입원한 친구가 있다. 퇴원할 때까지 위문편지를 보내자.

선생님 말대로
출석 번호 순서대로 편지를 썼습니다.
편지를 써서 선생님께 드렸습니다.

오늘은 딸기우유가 나왔고 네가 어서 나았으면 좋겠고
오늘은 산수를 했으니 너에게도 알려주겠다며 사과를
다섯 개 받은 곰과 사과를 두 개 받은 사슴이 서로 사과를
공평하게 나눠 먹는 이야기를 적고
사슴하고 곰이 싸우면 누가 이기겠나 그러다가 어느 날

선생님이 답장을 들고 돌아왔습니다.
반장이 대표로 읽었습니다.

너희들을 잊지 않을게. 고마워. 안녕.
선생님께서 조금 울었던가 그랬습니다.

여러분은
사슴과 곰 중 누가 이길 것 같나요.

종종 처음 보는 또래를 만나면 물어봅니다.
사슴과 곰 중 누가 이길 것 같은지.

터널인 줄 알고 들어섰는데
동굴인 곳
혹시 몰라 하면서 나아가야 하는 곳
에 들어가게 되면
아기 곰과 아기 사슴에게 먼저 사과를 줄 수 있겠는지.

이듬해 우리는 흩어졌습니다.

기척

많은 날들
뼈 위에 얹어둔 가죽처럼

귀신이 사라진
폐가처럼

아지랑이 속에서
봄
인사하는 친구들
봄

언제 돌아왔어?
목소리를 누르며

봄

서성거리다 되돌아 나간
우리들의 골목 앞에서

내 얼굴을 들고
봄

죽은 친구들 닮은
얼굴들, 저렇게 늙었겠지 싶은 미소

깨어나 보이는

적당한 비

비가 많이 오는 날 나는 차를 훔쳤다 문이 열려 있으면
적당한 차. 문이 잠겨 있으면 적당하지 않은 차다 사실 차
를 잘 모르니까
　차가 아닌데 차처럼 보이기만 해도 상관은 없었고
　차가 어떤 사람의 희망이나 절망을 싣고 있든지 모를수
록 좋았지만
　차에 돈이 실려 있던 건 다른 문제다.
　돈은 원한 적이 없다.

　차를 운전해 간 날 아무도 나를 찾지 않았다. 나에게는
차와 돈이 있다.
　오는 날 입었던 옷과 비 오는 날 지나갔던 길이 있고
　오는 날 찍혔던 감시 카메라도 있을 것이다.
　돈 때문에 다 망칠지도 모른다.

　왜 이런 짓을 했어요 물어보면 문이 열려 있어서요. 그
렇게 적당한 비처럼 대답하려고 했는데
　하는 수 없다. 다른 누가 차를 훔쳐 가도록 문을 적당히
열어두어야 할 것 같다.

어쩌면 시체가 아닐지도 모른다. 눈의 착각일지도 모른다. 정말로 돈이라면 만질 수 있어야 하는데.

차창을 두드리는 빗소리가 듣기 좋다. 오늘은 많은 비. 전역. 골고루 오는 날. 누가 차창을 두드린다 등록되지 않은 시체를 등록하라는 내용의 고지서를 들고 왔다. 요즘 누가 차를 그냥 가지고 다닙니까 뭣하면 제가 해드릴 수도 있는데 여기서는 개인정보 보호법상 이게 불법이에요 어려우시면 경찰서 나오셔서 같이 하세요.

내가 원했던 건 이런 게 아니었다. 하지만 나는 비 오는 날 시체를 업고 도로에 나섰다. 차를 끌고 다니는 모두가 예사롭지 않아 보였다. 혼자 있는 사람을 절대로 볼 수 없었다.

너를 사랑해

태평한 사람이 어떤 짐승을 얼기설기 얇은 이불 속에 잘 가둬두었다고 믿었대. 그 태평한 사람은 삶이 서로를 길들이는 거라는 말을 곧이곧대로 믿은 거지. 생각해봐. 삶이니 사랑이니 말이나 되는 소리니. 나는 외출한 네가 곧장 뛰쳐나가 차에 치일지도 모른다고 상상했고. 가끔 제대로 했어. 완벽했던 때도 있어. 네가 죽겠다고 말하는 날이면 더 구체적으로 꼼꼼히 해냈지. 짐승이 죽은 거 본 적 있니. 요즘 사람들은 그런 거 못 보잖아. 태평한 사람 이야기야. 태평한 사람도 상상력이 참 풍부하지. 너무 자주 한 상상은 거의 추억이나 다름없는 거 알지. 일단 내가 우는 모습. 더 두꺼운 이불을 샀어야 하는 건데 하면서 자책하는 내 모습. 경찰을 부르고 구급대원을 부르고 네 가족에게 연락하고 여느 사람의 것과 하나 다를 바 없어 보이는 네 유골함까지. 사람의 지옥에 짐승 없을까. 있어도 지옥이고 없어도 지옥이구나. 산 짐승 산 사람 모두 살아가는 가운데 아. 나는 그랬어. 우리 같이 울어도 너는 우는 거고 나는 노래하는 거고. 그렇게 들린다 지금도 들린다. 추억했어.

뜻대로

어느 날 신은 꿈을 꾸고 싶어졌어
신은 하고자 하면 하지
꾸고자 하면 먼저
잠
자야지

인간은
푹신한 잠을 위해
기억 속 서랍을 하나씩 뺀다는데

신도
그런 잠
흉내를 내는 거지

가구 없는 방에 서서
방 없는 벌판에 서서
하늘 없는 허공에 없이

사라진다는 게 뭘까

사라짐을 들여다보기 위해

하늘 아래 방 안에 가구 앞에 서성서성

　꿈이란 게 뜻대로 되는 것 아니지. 다행히 신에게도 나에게도 뜻이 없지. 우리가 서로의 뜻이 될 일 없고. 평생 악하게 살아온 자가 죽기 전에 선한 일을 하는 것이 구원이라고 하더라. 악한이 되느라 일생 다 바치는 정성으로 겨우 구원을 받는다고! 아니 그런 깊은 뜻이. 하지만 대개는 살던 대로 살다 간다더라. 이제 나는

　신의 꿈이 궁금해

　신의 꽉 찬 잠을 돌아다니며 서랍을 다 엎는다.

　신은 바늘 같은 거지. 서랍에서 쏟아진 천 개 만 개 바늘 같은 거야. 신을 밟는 누구도 다치지 않아. 하지만 신을 줍는 사람은 다칠 거야. 신은 취한 채 길거리에 널브러져 있어도 누구 하나 돌보지도 죽이지도 않는 자더군. 모두가 신을 보지 못하고 지나가더군. 나는 경찰에 주취자 신고를 하고 경찰이 그를 일으키는 내내 멀리서 지켜봤어. 나의 뜻대로

뜻대로

신의 꿈을 보았으나 내 서랍 또한 여느 인간답게 엉망
이므로 다행이라 하더라.

미래의 시인에게

너
네가 꾸릴 수 있는 가장 깊은 주머니,
네 손끝을 언제까지나 안타깝게 만들

떨어뜨려라. 떨어뜨려.
네가 놓은 손과 놓친 손과 꽉 잡은 손 모두.

네 가장 훌륭한 주머니 가득.

오래전 문 닫은,
아이들이 전부 사라진 학교처럼

폭염 속 그늘에서 잠든 노인의
벌린 입처럼.

그리고 주머니는 네가 채운 손들을 살랑살랑
흔들지. 서로 꼬집지 않도록 서로 엉겨 붙지 않도록.

이쯤 되면 주머니보다 자루가 더 어울리려나

싫겠지만. 주머니는 누구에게도 주목받지 않는다는 점에서
에서
자루와 다르지.

손들이 나타내는 말을 한 번 살펴봐.
주머니만 보고 손들이 하는 말을 고민해봐.

큰 나무뿌리의 들뜸을
악의로 읽지 않기.

갑자기 오는 비를
징조나 선언으로 여기지 않기.

비가 흐르는 도로를
물개들이 헤엄치는 해안이라고 말하지 않기.

모두가
모든 소리를 듣는다는 생각에서
빠져나오기.

모두라는
개념에서 빠져나오기.

밤이 온다
잠이 온다
비가 온다
는 표현이
표현만은 아니라고 주장하기.

네가 주머니에 새로운 손을 집어넣을 때마다
달라지는 말들.
주머니를 달랠 때마다 조금씩 바뀌는.

새 파일

홍성희
(문학평론가)

품

복작복작한 단어가 있다. 수조, 어항, 새장, 동물원처럼 물, 물고기, 새, 온갖 동물이 들어앉아 시간을 꾸리고 있을 것 같은 말들. 방, 집, 관처럼 누군가의 흔적이 소란스레 이야기를 흘려내고 있을 것 같은 말들. 이런 단어는 벽으로 둘러쳐진 공간만큼이나 공간의 밀도를 가늠하게 한다. 빈 어항, 빈집의 쓸쓸함처럼 낯설게 텅 비어 있지 않도록 공간의 주인들을, 그들의 이야기를 상상으로 채우게 하면서, 때로 단어는 그 자체로 이야기를 부르고, 이야기는 언어가 되어 단어를 잇는다.

김복희의 시는 단어를 채우는 일과 단어에 이미 가득한 것을 상상으로 읽어내는 일 사이에서 언어의 공간을 만들어왔다. 집에 "인어"를 키우는 아이들의 세계에서 '나'

는 "들어 본 적도 없고" 아마도 "불법일" "날지 않는 새 인간"을 사 와 자신의 집을 채우고(「새 인간」, 『내가 사랑하는 나의 새 인간』), "본 적도 없는 옆집의 새에게 소중함을 느끼고" "딸의 이름인지 아들의 이름인지 새의 이름인지 알 것 같으면서 모르면서 자꾸" "옆집의 지수와 옆집의 나"(「지수」, 『희망은 사랑을 한다』)를 나란한 공간으로 맞대었다. "세상에서 가장 멋진 새" 대신 "어린왕자에 나오는 그 상자"나 "그 새가 사는 둥지"(「세상에서 가장 멋진 새」, 『스미기에 좋지』)를 그리면서, 보이지 않는 새를 상상하게 하는 단어-공간에 대해 이야기 나누는 장면을 시의 이야기로 꾸리기도 했다. 김복희의 시(詩/時)공간은 새와 새 인간, 요정과 귀신, 사람과 기계, 어둠과 빛에 대한 이야기로 가득해지면서 내내 그렇게 복작였다.

　김복희 시의 밀도를 만드는 건 상상된 존재들 혹은 그들의 이야기들이었지만, 동시에 그것을 만들어 공간에 깃들게 하려는 사람의 마음이기도 했다. 벽 안쪽을, 벽 너머를, 혹은 벽 없이 오목한 공간을 누군가의 흔적으로 채우는 김복희의 언어는 기실, 누군가를 담기 위해 그럴 수 있는 공간을 마련하는 것으로 쓰였다. 홀로 "쪼그려 앉은" 당신에게 말 걸기 위해 당신이 문 잠근 화장실을 만들고(「히든 트랙」, 『내가 사랑하는 나의 새 인간』), "죽어서도 사라지지 못"하는 '나'들에 인칭을 주기 위해 그들이 "기어들어가/뼈와 살에 붙"은 "사람들 속"을 상상하는(「요정

고기」,『스미기에 좋지』) 방식으로 말이다. 김복희의 시가
만드는 단어-공간은 그의 시가 되고자 하는 언어-공간의
모습이면서, 시인이 보고 싶은 세계의 모습이기도 했다.
무언가가 깃들어 있는 곳, 스며 있는 곳, 살아 있는 곳, 사
는 곳. 그런 의미에서 김복희의 시는 "상자로서 담을 바람
의 양을 정"(「잃기」,『스미기에 좋지』)하는 매번의 작고 너
른 품이었다. 누구들을 얼마큼 담을 수 있는 시가 될 것인
가, 세계가 될 것인가. 누구들을 위해 얼마큼 열릴 것인가.
『보조 영혼』은 시가 만드는 그 공간적 열림에 대한 이야
기로 시작한다. 혹은 "그걸 그게 원하던가요"(「빈방」,『내
가 사랑하는 나의 새 인간』)라는 질문으로 돌아가면서.

　　하나의 미술관이 작품 하나의 규모를 감당할 수 있
을까
　　말할 것도 없지

　　상자에서 소리를 꺼낼 수 있을까
　　더 큰 상자에 소리를 옮겨 담을 수 있을까
　　말은 하면 안 되지 섞이니까

　　더 큰 시를 이 책이 실을 수 있을까
　　더 작은 시는?

시 읽는 사람을 공원 벤치가 쉬게 할 수 있을까
단 1분이라도

이제는 시를 읽지 못하는 사람에게
당신의 이름은 시예요
잊지 않았지요 말하듯이
이름에 그 사람을 담을 수 있을까
또 낭독하듯이

모양이 다른 죽음을 이 관이 담을 수 있을까
낭독이 모든 시를 담았다가 조금씩 흘리는 것처럼

* Robert Morris, 「Box with the Sound of Its Own Making」(1961)
——「가변 크기」 전문

　미술관과 작품, 상자와 소리, 책과 시, 벤치와 사람, 이름과 사람, 관과 죽음. 이 시의 명사들은 서로 담거나 담긴 관계로 충분해 보인다. 담는 단어는 애초에 담긴 단어를 품을 수 있을 만큼의 크기로 만들어지고, 때로 담긴 단어가 들리거나 불릴 수 있는 조건이 되기도 하기 때문이다. 하지만 시의 물음이 반복하여 가늠하는 것은 담을 수 없는 기분이다. 시를 재현하는 목소리와, 내부에서 재생되는 소리로 자신이 만들어진 과정과 상자가 되기 전 나무의 시간, 타인의 손길, 스쳐 간 도구들의 흔적까지를 담은 것처럼 여겨지는 단단한 나무 상자. 로버트 모리스의 작품과 겹쳐지면서 김복희의 시는 상자가, 미술관이, 목소리가, 또 시가 담았다고 가정되는 것이 "말할 것도 없"이 자명하게 그러한가를 반복하여 묻는다. 담을 수 있고 감당할 수 있기를 바라는 마음과 그것을 해내는 방법이 이곳에 있다면, 해냈다고 이해하면 충분하다고 말할 수 있는 언어도 이곳에 있는 걸까.

'나'의 집에 오면서 '나'를 위해 날지 않기로 마음먹는 '새 인간'의 이미지가 혹은 언제나 벽 안쪽에 머물며 '지수'라는 이름으로 불리는 새의 울음소리, 둥지를 그리면 그곳에 도착할 것으로 상상되는 '세상에서 가장 멋진 새' 이야기가 있다. 이들이 누군가의 바람으로 벽이 만든 상자 안에, 둥지 안에 담겨 있다면, 김복희의 시는 "새를 그려 넣은 것"이 담긴 그러한 "희망의 수화물"을 멀리 부치고, 다르게 '입장'하는 '새'를 그린다. "희망, 에밀리 디킨슨식으로 거친 폭풍우 속에서도 누군가는 희망, 울음소리를 반드시 알아듣게 하려고," 그러나 "더 커질 것을 알기에 더 커져도 되는" '새'를 위하여 "더 커져도 되는 곳"(「새 입장」)으로 이곳을 다시 상상하면서.

세계의 상자와 세계라는 상자 속에서 "날뛰는 희망을 누가 잡아 길들여 기르고 번식시키고 귀여워할까"를 묻는 것, "야생의 희망"과 "도축될 희망, 정돈될 희망" 사이에서 어떤 말을 해야 할지, 어떤 말을 의문형이 아닌 방식으로 할 수 있는지를 헤아려보는 것. 이 시집에서 김복희의 시는 상자의 크기를, 담을 것의 양을, 그렇게 밀도를 결정하는 일을 넘어서, 크고 작은 상자의 안과 밖이, 언어의 품이 결정되지 않게 하는 물음에 대해 말한다. "나는 상대적으로 작은, 상대적으로 큰, 상대적으로 인간, 상대적으로 여자,/문을 계속 연다"(「속삭이기」)고 되뇌면서, 언어-공간을 계속해서 변화하는 곳으로, 언어-관계를 자꾸만 다시 말해지는 것으로 거듭 상상해내면서 말이다. 그렇게 그의 언어는 답을 찾아가는 움직임이 아니라 하나의 답으로부터 멀어지는 움직임으로 이곳에 거듭 둥지를 짓는다. '가변 크기'의 둥지 안팎으로 무람없이 옮겨 다니는 크고 작은 영혼과 몸들과 함께.

품

김복희의 시에는 짝꿍이 되는 '나'들이 있다. "이렇게 하라고/저렇게 하라고 일러"주는 "보조 영혼"(「보조 영혼」)의 돌봄으로 일상을 살아내는 '나'와 "목부터 이마까지 차 있지만 나오지 않는 말도/같이 해"(「죽음이 우리를 갈라놓을 때」)주려고 '너'의 곁을 지키는 '나', '너'의 가슴을 열고 들어가 서성이는 '나'(「네 가슴속에서 일어나는 일」)와 "요

정이 내 뼈에서 쉬며/생각하는 걸 알고 있"(「요정 고기 손
질하기」)는 '나'. 이들은 몸을 가지고 살아 있는 존재와 영
혼으로서 '너'의 몸을 감싸거나 드나드는 존재로 나뉘어
서로를 부른다.

때로 이들은 서로 다르게 움직이는 신체의 부분들로 짝
이 되기도 한다. 날개로서 "거칠게 몸부림치고/너의 뒷목
을 당"(「죽음이 우리를 갈라놓을 때」)기는 '나'와 날개만
남아 "손이 없는 너를 대신해/그릇을 받아"(「날개는 석상
처럼」) 드는 '나', "내 머리"를 찾으러 밭으로 달려가는 몸
과 "몸을 달라고/굴러"(「밭에 갔어요」)오는 머리. 날개는
온몸을 안을 수 있을 만큼 크고, 몸은 머리를 "보따리처
럼" 안아 "쓰다듬"는다. 이들은 안고 안기는 관계에 있는
듯 서로를 찾고, 서로에 기대어 비로소 움직인다.

그러나 그런 '나'들 사이에서 안거나 안기는 일은 온전
하게 이루어지지 않는다. 날개는 몸을 안는 대신 접히지
않거나 몸부림치면서 몸과 대치하고, 머리는 몸에 안긴
채로도 "몸이 있는 곳으로" "자꾸 가려고"(「보따리」) 몸의
품을 벗어난다. 몸은 날개가 있음을 알면서도 "이 몸이 새
라면" 노래를 부르고, 날개는 그 노래를 이해하지 못하면
서 "날개는 새가 아니"(「죽음이 우리를 갈라놓을 때」)라는
사실에 대해 생각한다. 그렇게 안은 것과 안긴 것은 더불
어 속이 얹힌 기분에 닿는다. 그 더부룩함이 김복희의 시
속 '나'들의 '비밀'이 된다.

비밀은 별건 아니고,

네 가슴속에서 이런저런 일이 있었어…… 하고

사진을 찍은 다음

네 가슴속에 놓아두는 거야 그 위에 옷 더미와 휴지

와 먼지가 또 쌓이겠지

그게 네 가슴이고

그게 내가 기꺼이 살고 싶은 네 가슴이고

그게 내가 몰래 쓴 시고……

나는 어쩐지 속이 얹힌 것 같아 차가워진 손을 살살

주물러본다

　　　　　　　　　——「네 가슴속에서 일어나는 일」 부분

　이 시의 '나'는 '너'의 가슴을 직접 열고 들어가 '너'의 '비밀'이 되면서, 그 품 안에 자신의 비밀을 심는 일을 생각한다. 비밀은 '너'의 가슴속 풍경을 찍은 사진 한 장이다. '너'의 기록이자 다녀간 '나'의 기록이고 '너'의 품 안에 '나'가 안겨 있던 접촉의 기록이자 '비밀'의 기록이기도 한 사진은, '너'의 가슴의 테두리 안에 사진의 테두리를 더하고 '비밀'에 비밀을 겹치면서 가슴 안쪽 공간에 부피를 만든다. "꽃병, 머그 컵, 페트병, 옛날 교과서, 한 번쯤 들춰본 책" 같은 것들 사이에 놓인 채로 "그 위에 옷 더미와 휴지와 먼지가 또 쌓이"면서, 사진은 공간의 밀도를 높이고 '너'

의 가슴 안을 내내 더 북적이게 만든다.

　그러나 동시에 '나'가 찍은 사진은 '너'의 가슴 테두리 안에 '나'가 '너'의 내부를 바라보는 시선을 사각의 프레임으로 새기고, 그 사진의 모서리들만큼 선명한 물질로서 '너'의 안에 이물감을 심는다. '나'가 '너'에게 다녀간 것은 '비밀'이지만, '나'가 그 흔적을 남긴 순간 '비밀'은 비밀이 아닌 깊고 생생한 촉감이 되며, 그 촉감은 '너'의 가슴 안쪽을 닫힌 테두리로 남아 있지 못하게 만든다. '너'의 가슴은 그 이물감으로 더부룩해지고, '나'의 가슴 역시 그렇다. '너'의 가슴에 남긴 사진은 시가 되어 '나'의 가슴에도 심어지고, 그 언어가 내내 '나'의 안에 '너'를 불러다놓기 때문이다. '나'의 안에서 '너'는 이미 '나'라는 '비밀'과 '나'의 비밀을 새기고 있으며, 겹겹으로 덧대어지는 오롯한 '안'의 불가능성은 소화되지 않는 것이 쌓여가는 기분으로 강화된다. 그렇게 비밀은 더부룩함을 주고, 더부룩함은 비밀이 되어 '너'와 '나' 사이를 오고 간다. 몸의 안팎을 넘나드는 '나'와 '너'들, 서로의 이름으로 말이다.

　김복희의 시가 '나'라는 인칭을 다양한 존재 양태에 부여하고 그것이 '너'와의 관계 속에서 여러 위치를 오고 가거나 겹쳐두게 만들 때, '나'와 '너'들의 다양한 관계와 이야기들은 결국 서로를 부르는 일, 불러서 이곳의 언어로 있게 하는 일이 어떤 것인가를 생각하게 한다. '나'들이 '너'들의 공간에 침투하고 개입하고 드나드는 방식은 모든 '나'와 '너'에게 안팎으로 드나드는 공간을 만들어주면서 공간을 교차한다. 그 연결되고 연속되는 시의 작업 속에서 '나'와 '너'들은 서로의 이야기에, 다정한 마음과 안으려는 몸의 움직임에 깊이 잠겨 '하나'가 되기보다, 완전히 끌어안거나 온전히 스미거나 안전히 합일되지 못하는 각자의 공간을 지킨 채로 동시에 살아 서로를 거듭 다르게 부른다. 외려 "딱 맞는 온전함을 발견하기란 쉬운 일이 아니"기 때문에 하나의 인칭이라는 항아리에서 "귀를 물고 코를 물고 줄줄이"(「밭에 갔어요」) 머리들이, 몸들이, 무수한 '나'들이 꺼내어져 나오게 하는 방식으로 말이다.

일체가 되지 않는 몸과 머리, 몸과 날개, 영혼과 보조 영혼, '나'와 '너'들의 관계는 얼핏 "결핍처럼 보이"고 "잉여처럼도 보이"(「보따리」)지만, 그 잔여감, 이물감이 김복희의 시에서는 끊임없이 '나'와 '너'를 말할 수 있는 근거이자 조건이, 이유가 된다. "요정의 없는 마당"에서 "요정의 발자국 생길 리 없대도" "요정의 마당"을 만드는 것. '나'라는 모두의 자리를, 공간을 만들고, 끝내 "거기 없음 확인" 하더라도 발자국 찍힐 "눈부터 내려 쌓일 수 있다고/적어"(「요정의 마당」)두는 것. 그건 김복희에게 언어로 "무덤을 들고 다"(「보따리」)니는 일과도 닿아 있는, 시의 이유이기도 하다.

품

뒤주 같은 언어가 있다. "광을 만들고/광 안에 뒤주를 만들고/바람은 들되/벌레는 먹지 않게 틈을 내고/물은 주되/입술을 적실 정도만/거기에 가둬놓고 숨소리만 넘치게 하"는, "광의 문에 못을 치고 날뛰는 것이 가득하니 아무도 들이지 말라/하"(「속삭이기」)는. 그 안에서는 살아 있음과 죽어 있음이 구분되지 않아, 상자인 채로 무덤인 좁고 단단한 말들. 오랜 이야기 속 뒤주 같은 공간이 언어에는 내내 깃들어 있고, 시는 그 언어로 더 큰 공간을 만든다. 뒤주를 더 단단히 하기 위해서 혹은 가까스로 숨소리 들리는 틈에 바람을 불어넣기 위해서.

나는 나를 돕지 않을 신에게 기도한다
나를 여자라고 칭하면, 조금 더 진실에 가까워진 느낌이 들까

몸을 모아 가져가면
전부 오염된 증거이므로 무용하다고 한다
형사의 손에 들린 커피
바닥에 쏟아진 커피
형사에게 커피가 없었던 때에도
사람은 사람을 죽이고 시체는 썩는다

시간이 흘러간다는 것을 피부로 머리칼로 느끼면
포기가 아니라 사랑을 알게 될까
예수나 부처의 제자 중에서도
이름 없는 말단의 말단의 말단의 제자 된 자라도
붙잡고
이 몸을 어떻게 하면 좋겠느냐고 묻고 싶다

—「사람의 딸」 부분

　시의 이어지는 부분에서 "형사는 일단 집에 가서 깨끗
이 씻고 자고 먹으라고/한다". "주량이 얼마나 되"냐고
묻고, "나중에 뭔가 찾으면 연락을 하라고"도 한다. "전부
오염된 증거이므로 무용하다"는 말에서부터 형사는 거듭
말 안에 몸을 가둔다. 보호될 수 있음과 없음, 기억될 수
있음과 없음, 기록될 수 있음과 없음, 최소한으로 존중될
수 있음과 없음 사이에서 몸은 없음 쪽으로 기우는 말에
휩쓸려 '오염' '주량' '깨끗이' '나중에' 같은 말 안에 갇힌다.
그 안에서 시간은 예수나 부처로부터 줄곧 흐르지 않고,
몸은 시간에도 갇혀 응답 없을 질문을 홀로 던지는 자기
언어에 잠긴다. 그런 몸에게 '여자'라는 말을 붙이는 것 혹
은 '사람의 딸'이라는 표현을 더하는 것은 누구냐고, 그때
'진실'은 무엇이냐고 김복희의 시는 물음을 던진다. "예수
나 부처의 제자" 된 자를 향해서인 듯, "나를 돕지 않을 신

에게"인 듯, 그런 말을 반복하여 쓰고 있는 시 자신에게, 그럼으로써만 계속해서 질문을 던질 수 있는 시의 조건에게 말이다.

"여자에게 인간아 사람아 부르지 않고/여자야라고 부"르는 세계에서 어떤 '나'는 자신의 몸이 갇힌 공간이자 자신이 살아가는 공간인 말의 안쪽을 만진다. 벽을 이루는 선을 헤아리고, 없는 듯 있는 선에 줄을 이어 "여자의 몸으로/머리카락을 드리우고/세월을 낚고 사람을 낚"으며 "줄의 일부가" 되기도 한다. 그 긴 선을 "확 잘라버리는 여자"와 "풀어보려는 여자" 사이에서 어질러지는 공간을 관망하기도 하면서. "파도와 바다를 가르다 마는/말다 가르는"(「새 마음」) 인공 방죽 위에서 '여자'라는 말을 거듭하는 '나'의 언어는 말의 안쪽에 갇히지도, 말을 활짝 열어버리지도 않으면서 서성인다.

그 서성임에는 "사람은 사람을 죽이고 시체는 썩는다"(「사람의 딸」)는 오래된 사실의 문장 속에서 '여자'가 어떤 조건에서 '사람'으로 불리고, '사람'으로 불리면서 어떻게 지워지는지, 뒤주 같은 언어에서 '사람'은 '여자'에 비해 얼마큼이나 먼지를 가늠하는 마음이 있다. "여자든 남자든 상관없다고 말할 수 있는/마음을/건져서"(「새 마음」) 그것을 건진 줄이 어떤 선으로부터 이어져 나온 것인지를 물어야 할 것 같은 이물감, 마음껏 선을 지우거나 넘나들 수 없도록 묶인 기분이 김복희에게는 시로 쓰는 언어의 배경이자 시로 언어를 쓰는 이유이다. 죽이고 죽는 일이, 갇히고 썩고 사는 일이 뒤섞여 있는 언어의 세계, 어쩌면 "이토록 작은/집에서", 모든 '나'들은 "어떻게 기척 없이 있는가"(「수박 사주세요」)를 묻는 일, "눈에 띄는 무덤은 없는 무덤 많은 도시에서"(「보따리」) "무덤은 어떤 꿈을 꾸는가"(「수박 사주세요」)를 묻는 그 문장을 만드는 일이, 그에게는 모든 인칭과 정원과 시간을 만드는 일의 시작점이기 때문이다.

언어를 쓴다는 것은 어쩌면 "적당한 차"를 훔쳐 쓰는 일이다. 그저 비가 많이 오는 날 마침 거기에 문이 열린 채 세워져 있는 도구를 적당한 정도로 가져다 쓰는 일. '내 것'은 아니지만 특별히 추적당하지 않는 차를 타고 원하는 곳으로 갈 수도 있고, 무언가를 실어 옮길 수도, 안전히 비를 피할 수도 있다. 그러나 '내 것'이 아니기 때문에, "어떤 사람의 희망이나 절망을 싣고 있든지 모를수록 좋"을 언어에는 모르는 사이 '시체'가 실려 있기도 하다. 한번 그 것을 알고 나면 "차를 끌고 다니는 모두가 예사롭지 않아 보"(「적당한 비」)이고, 「누가 자꾸 새에게 먹이를 주는 거냐/그러지 마라」 같은 '경고문'에서 "무덤을 업고 다니는 종"(「종의 차이」)을 보게 된다. "풀도 밟지 않고 개미도 밟지 않고/웅덩이도 밟지 않고" "또박또박 적어보"는 언어도 종종 "너의 죽음을 뭉개버"(「노을」)리는 발길이 되어버린다는 것을, 언어를 쓰는 한 "너도 나도" "아무것도 밟아 죽이지 않는/붓꽃"(「오려내는 힘」)은 아니라는 것을 생각하게 되기 때문이다.

　김복희의 시에는 지옥이 있다. "가구 없는 방" "방 없는 벌판" "하늘 없는 허공"(「뜻대로」). 그런 '신'의 자리에서 내려다보면 "꽃 사이로 부지런히 움직이는 사람들이"(「천국」) 있는 곳. 그곳은 사후 세계 같은 곳이기보다는 발 딛을 땅 위, "하늘 아래 방 안에 가구 앞에 서성서성"(「뜻대로」) 살아가는 "사람의 지옥"(「너를 사랑해」)이다. 발 딛을 땅이 있기 때문에 이곳엔 상자 같은 방도 있고 가구도 있지만, 그렇기 때문에 무언가 뿌리내리고 꼿꼿이 서 생을 꾸릴 수도 있다. 이 땅은 언어 같고, 언어는 때로 지옥 같다. "지옥을 다 태워도/천국이 되지 않는다"(「묶기」)는 것, 결국 지옥을 지옥인 채로 살아내야 하는 것이 언어의, 시의 현실이라면, 김복희의 시는 그 현실에 꽃을 심고 나무를 심는 일로서 씌어진다. 지옥을 지옥이 아니게 만들거나 아름다운 색채로 꾸미기 위해서가 아니라, "심자마자 여위는 꽃과/그 위로 다시 심기는 꽃이/선명히"(「천국」) 보이게 하기 위해서, 여위게 하고 상자에 가두며 죽이는 손에 굴복하지 않는 움직임을 다만 끊임없이 보이게 만들기 위해서 말이다. 어떤 약속도 만들지 않고 믿지 않으면서도 이 지옥에 꽃을 들고 돌아오는 것. 그런 언어로 지옥에 심기는 것. 그것이 김복희 시의 희망이고 용기이다.

가죽을 모으고 쌓고 그 사이로 걷고 그 틈에서 먹고
그 위에서 앉아 쉬었다 가죽 면을 따라 구부러지는 몸
날카로운 바늘…… 바늘? 여기서 내가 그것을 알아본
다면 가죽을 수선하려 한다면 내가 바느질에 소질이 없
다는 걸 받아들인다면

그러나 나는 바늘을 들고 나만을 위해 죽은 짐승을
찾네 나만을 위해 남겨진 빈 가죽을 두드리네

가늘게 오는 비에
속눈썹이 무거워지는 것처럼
젖은 가죽에서 냄새가 나는 것처럼
내가 끼어들 틈은 없다 아픈 아이가 더 아픈 아이를
밀치든 말든 아이들의 비명, 아이들의 응석, 와중에 짐
승의 엉킨 털에 묶여 일어나지 못하는 풀잎만
가엾어도 하는 수 없어

울지 말라고 말하지 마세요 몰라주세요 가죽이 말
한다
비가 그치고
눈을 비비고
눈물과 내가 지나간 후 돌아오게요 잠시만 기다려주
세요 용감해지게요

바늘이 말한다

──「비상구 만들기」전문

바늘은 꿰기 위해 구멍을 뚫는다. 제 몸이 지나간 자리를 통해 나뉘어 있던 것을 맞대고, 뚫려 있던 것을 메운다. '바느질'이 바늘을 움직일 때 그렇다. 바늘의 용기는 찌르고 뚫고 함부로 지나가기도 하는 자신의 생김새를 어떤 반복의 움직임 속에서 찌르고 뚫고 함부로 지나가는 것과는 다른 의미에 접목시키는 것이다. 그것은 언어의 용기이기도 하고, 언어를 떠날 수 없으면서 동시에 언어에 대해 물음을 던져야 하는 시의 용기이기도 하다. "바느질에 소질이 없다는 걸 받아들"이면서, 어쩌면 바느질은 '소질'의 문제가 아니라는 걸 알면서, 김복희의 시는 바늘-질의 시간을, 그 움직임의 공간을 짠다. "여자에게 인간아 사람아 부르지 않고/여자야라고 부"르는 세계에서, "여자의 몸으로/머리카락을 드리우고/세월을 낚고 사람을 낚"으면서, "여자든 남자든 상관없다고 말할 수 있는/마음을/건져서", 끝내 경계를 넘나드는 '나'와 '너'들의 "이름을 물어보"기 위하여. 그렇게 "통성명하고/그리고"(「새 마음」) 그다음이 있게 하기 위하여.

그리고 『보조 영혼』은 '그리고'에 이어지는 언어를 "미래의 시인에게"로 잇는다. "주머니에 새로운 손을 집어넣을 때마다/달라지는 말들./주머니를 달랠 때마다 조금씩 바뀌는"(「미래의 시인에게」) 말의 미래를 상상하면서. 그 미래는 다시, 누구를 얼마큼 담을 수 있는 시가, 세계가 될 것인가 하는 질문 앞에 있다. 상자가 아닌 주머니를 들고 혹은 주머니를 생각하며 이제 막 움직일 바늘을 집어 들면서 말이다. 다음을 만드는 것은 다음이 있기를 바라는 마음이고 다음을 향해 움직이려는 용기이며 움직임의 조건과 대가와 그럼에도 불구하고 희망을 헤아리는 말들이다. 그런 언어는 영영 날카로울 것이고, 종종 뒤주 같을 것이며, 내내 더부룩할 것이다. 그리고 그 얹힌 기분으로부터 다시 무언가 꺼내어져 나올 것이다. 우리의 상자들이, 우리의 바늘들이.